Attraper la lune

Efrat Haddi

Oh salut! Vous vous demandez probablement ce que je fais.

Mes parents me disent que j'ai besoin d'aller au lit mais je ne suis pas fatigué

Alors, j'ai décidé d'attraper la lune.

Voulez-vous m'aider?

Grand, maintenant comment puis-je atteindre la lune?

Nous allons penser ... Je sais, je vais juste voler là-haut ...

Mais comment?

Peut-être que je vais faire un bouquet de ballons.
Cela peut fonctionner.

Hey, ça marche

Uh-oh!

OH NON!

Aaaahhhh!

CRASH!

Donnez-moi une seconde ... pour attraper ... mon souffle.

C'est une bonne chose que je n'abandonne pas aussi facilement.

J'ai une autre idée, je vais construire une échelle à partir de ces branches.

Et c'est parti.

SMACK!

Aiyeeeee!

Je vais bien. Pouvez-vous tenir l'échelle pendant que je grimpe?

Et c'est parti. Attendre attendre…

Uh-oh!

OH NON! PAS ENCORE!

SPLASH!!

Qui savait que la capture de la lune pourrait être si difficile!

Hé regarde.

Qu'est-ce que le seau d'eau fait là-bas?

Quelle?

Tu veux que je regarde à l'intérieur?

Attends une seconde. Il ya quelque chose à l'intérieur du seau.

Il ressemble à ...

LA LUNE!

Nous l'avons fait! Nous avons pu attraper la lune.

Attraper la lune était dur travail et je suis fatigué!

Merci de m'aider. Bonne nuit!

La fin

Made in the USA
Lexington, KY
10 December 2018